U0934599

丫丫的小甜点①

浦YY和咕噜P的小生活

LOVE LIFE COLOR

浦丫丫◎画的

陕西师范大学出版社

前言：

你可曾看到

天空中的大泡泡

雨后檐上的彩虹

冬日掌心的雪花

夏夜里的萤火虫

和我们一起

体验生活平淡中的美丽

想要

每一位翻开这本书的朋友

心中温暖快乐

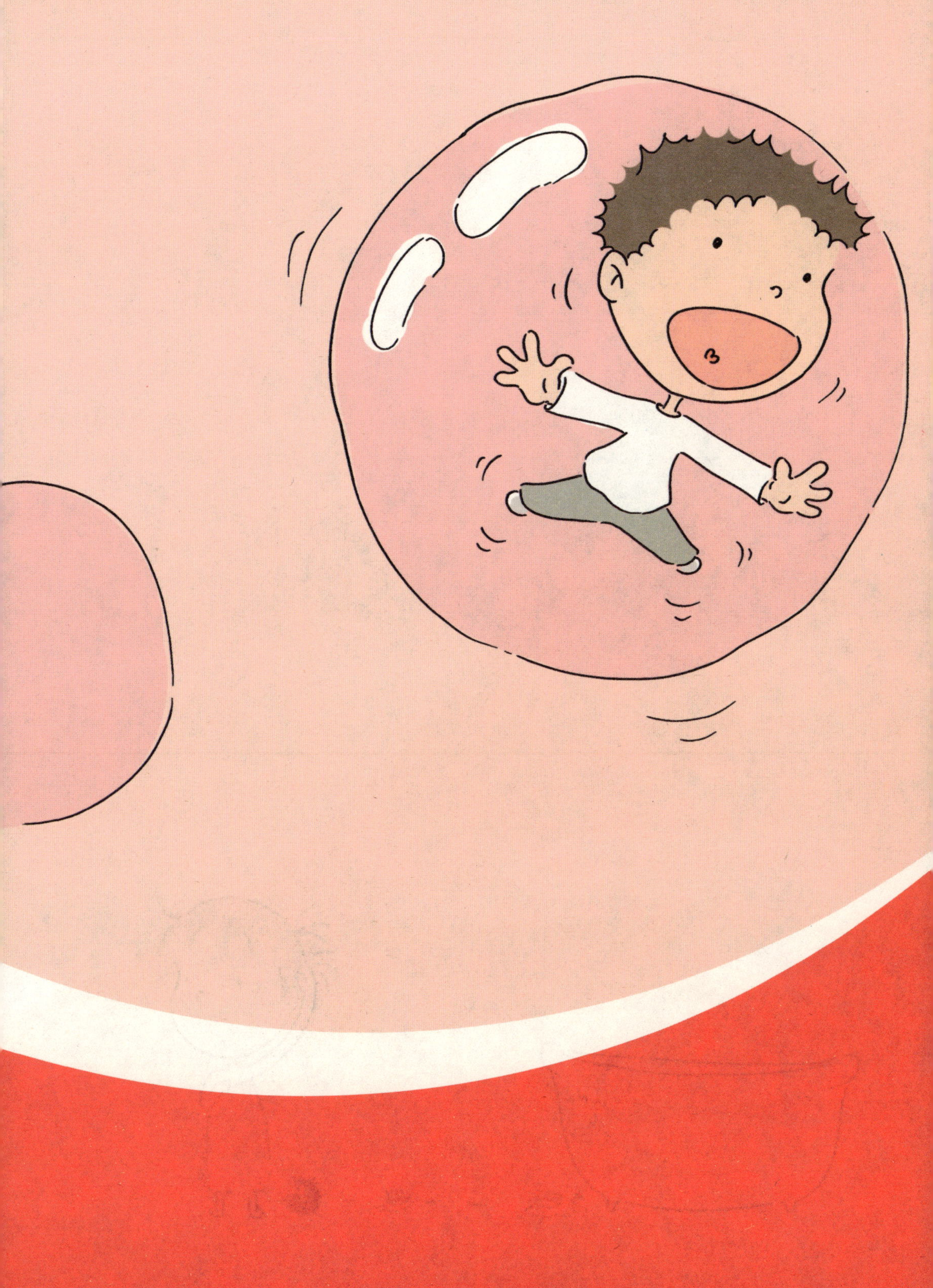

【人物简介】

浦YY

馋嘴又笨

爱玩

爱臭美

有点迷糊

学不会穿高跟鞋

喜欢大太阳、云朵和星星

出门前会念叨一遍钥匙、手机、钱包、表

喜欢乱指路

咕噜D

超懒
擅长一切体育活动
爱冒怪话的坏家伙
记不住丫丫高兴时说他的好话
和生气时说他的坏话
喜欢下雪的冬天
是个路痴

目录

CHAPTER 1

不善煮的小“煮”妇

——老牛与小牛

作为一名新时代女性，
我真可称得上是样样
精通……

吃

喝

玩

乐

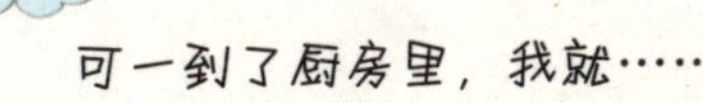

可一到了厨房里，我就……

咕噜P很爱吃
楼下面馆的
——凉拌牛肉

应该很好做吧？

作为一个只会把菜做熟的“煮”妇，也会有良心发现的时候。

先选牛肉……

其实，想要吃有筋又有肉的凉拌牛肉，买整条的牛腱肉就好了。

我由于没有经验，看着那一大条牛腱子还挺吓人，买的是切开的牛肉块。

砂锅买小了，成了
摆设，只好用平时
煮面的不锈钢锅
哼哼，这个我知道，
先要用沸水焯一下，
去去血水。

呀！开了，
开了！
慌里慌张的本性

焯好了，换一锅清水，
加入葱、姜再煮。

经过漫长的等待……

呵呵，尝尝！

奇怪，怎么
咬不动？

哼哼，再煮
一小时。

之后才知道，原来牛肉在焯过之后，第二次下锅时，要开水下锅，否则牛肉被冷水激过后就会不易煮烂。煮时加一个山楂或一块橘皮，牛肉易烂。

我还发明了一种炖法，是受了白斩鸡做法的启发。最好用沙锅，先炖一小时，再放着闷上一小时，再炖一个半小时即可。炖出来的牛腱肉又滑又嫩，美味无比呢!

小贴士 牛肉，味甘，性温。所含蛋白质、氨基酸组成比猪肉更接近人体需要。补脾胃，益血气，强筋骨，消水肿。但不宜常吃，一周一次为宜。清炖牛肉能较好地保存营养成分。

看病也有趣

—— 两条虫

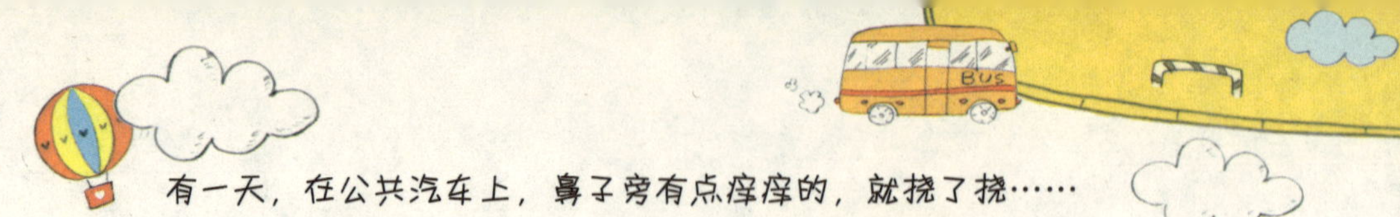

有一天，在公共汽车上，鼻子旁有点痒痒的，就挠了挠……

过了几日，鼻子两边起了三四个小红包，又痒又脱皮……

我认为是简单的皮肤发炎，想试试自然疗法，就擦了点蜂蜜，

擦上蜂蜜倒是不痒了，可就是不见小红包消下去。

过了一段日子……
你别乱挠了，
明天去看大夫吧！
不好了！不好了！
你看这个是不是
越来越严重了呢？
皮肤科
怎么不好？
大夫，我这个
鼻子……
头发梳得
一丝不苟
先检查一下
螨虫吧！
螨虫？
HOSPITAL

检查的时候，大夫拿了个旧旧的手术刀在酒精灯上烧了一烧，使劲地在我鼻子两边刮呀刮的，好痛呢！一直都刮破了，他好像才满意了。他把刮下来的东西在显微镜下看了一会儿，就写了报告……

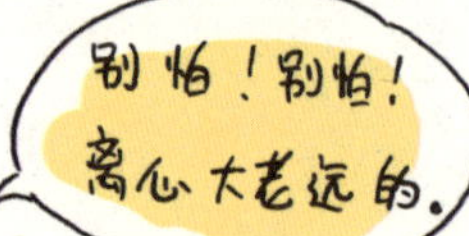

怀着忐忑的心情回到大夫处……

你这是脂溢性皮炎，我们每个人皮肤上都有螨虫，你的皮肤因为有炎症，所以螨虫才太少了，正常人该有4-6条呢！给你开点药回去擦吧！

唔

啊！太惊了，以前只知道那个螨虫好像是生病的皮肤上才长的怪物，健康的皮肤上居然还快乐的生活着许多的螨虫?!

哈哈，你这个螨虫人！

哈哈，你比我还多哩！

擦了好久的药才好了，后来我再也不敢用不干净的手乱抓了。

每个人都有自己最心爱的衣物……!
爸々给买的新鞋子,为啥一闪一闪的会亮呢?
哼哼,我这可是最流行的南瓜裤!
新款的运动鞋
呃!还真不习惯呢!
第一条领带
这条裙害我这个月都成了月光女神.
什么爱不爱,反正我就这一身!
老了,老了,这旗袍还是当年最新式的呢!

CHAPTER 2
我的最爱衣
呵呵～我最心爱的衣物嘛……
023

个人一直觉得淑女屋的服饰甜美到只是用来看的，所以逛街的时候我就只看上那么一眼。有一日，那一眼我看到了一条好多好多小花朵的裙子，自己的心就哗啦哗啦地化掉了……

是条一层一层的布裙，一层布满着淡粉色和黄色的小花朵，又一层是淡绿色和桔色的小花朵……嗬呦呦，一不小心被美丽的花朵淹没了……

通常这种看上去特美的衣服，穿在身上往往就没有那么美了。为了验证我的这种观点，我不过就试穿了一下……
哎？穿上还是这样好看。
可太贵了，只是一条小花布裙子嘛！
刚刚好，到膝盖
试来试去，也没舍得买
可是我还真没出息，掉在花海里爬不出来……

结果我就又得出一新观点——

呵呵，真是巧得很，又一日我偏偏从那边路过，就弯进去看了一下，结果……

其实，淑女屋的服饰圆了每一个女孩子心中做公主的梦呢！

不过这条美丽的布裙还是太甜蜜了，和现实的世界有点格格不入，我常常不穿它。

现在它在我的百宝衣柜里一年四季地挂着，从不收纳起来，找衣服时看到了，心中就美出泡泡来，使得心情美丽的功效很显著哩！

我这个人真是喜欢小裙子呀！一看到心仪的小裙子，就挪不开眼睛，脚也迈不动了。这个颜色柔和的粉胖胖裙，是江南布衣的，这个牌子服饰大多富有中国元素，做工也是细致的。

买下了心爱的小裙子，可每到要出门时，我一想到小裙子的不方便，往往穿上条短裤就跑出去了。

有一回我把这条小粉胖胖裙在床头上搭了好久，咕噜P就问我："你这里老是搭了条裙子做啥？""呵呵，那个嘛！小裙子我虽是没怎么穿，可它放在那儿我看着就高兴呢！"不知怎么的，他就晕啦！

穿，就要穿高跟的
今年夏天，我看着自己的鞋子们，发出一番感慨来……
哼！作为一个女人，怎么可以一双高跟鞋也没有呢？
穿，就要穿高跟的，半高不高的也叫高跟鞋？
虽然没怎么穿过高跟鞋，我却有自己的理论哩！
咦，这一双很美嘛！样子简洁，又合我的怪论！

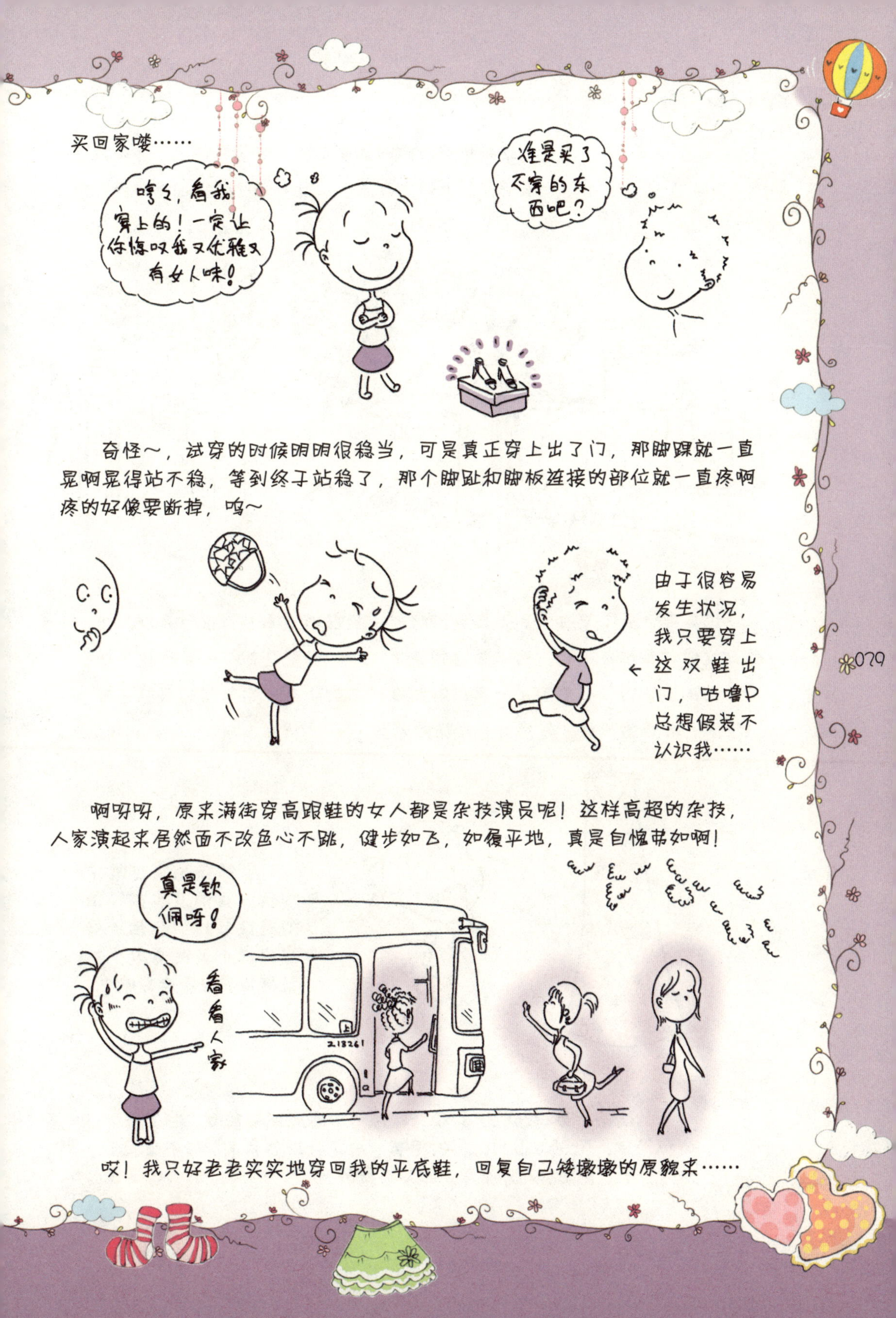

奇怪～，试穿的时候明明很稳当，可是真正穿上出了门，那脚踝就一直晃啊晃得站不稳，等到终于站稳了，那个脚趾和脚板连接的部位就一直疼啊疼的好像要断掉，呜～

啊呀呀，原来满街穿高跟鞋的女人都是杂技演员呢！这样高超的杂技，人家演起来居然面不改色心不跳，健步如飞，如履平地，真是自愧弗如啊！

哎！我只好老老实实地穿回我的平底鞋，回复自己矮墩墩的原貌来……

梦境

这条长及脚踝的长裙是很久以前买的了，那时我在一家小公司上班，离家不很远，可坐公车绕路又慢，我骑厌了车，就穿过一个小公园，走路去上班……

也是那么一个夏日，太阳在头顶烤着，蝉在枝上唱着，它什么都知道，我却好像什么也不明白，对于自己的未来心中一片茫茫然……我穿过了小公园，刚刚出了西门，看到了一家也不知做什么的小店，空荡荡的只挂了那么几条同一款式的长裙，我爱上一条裙的颜色……

当然在现实世界中的我，虽然没有模特般的魔鬼身材，可也不是这样两个头的高度，这条裙我穿上很合身哩！

这条裙美得雅气又和顺，好似一个朦朦胧胧的梦，样式看似简单，剪裁却很到位。价格嘛，对于当时的我来说是不便宜了，不过想想作为一个梦，它却不贵的。

她赤脚穿过村子，露水留在脚趾间，这是一个清朗的早晨。到了栈桥上，风带着海的味道吹动长长的裙，是阿妈让她来看出海的船回来了没有……

我没有仛做海边的女子，却买了它回家。这是自己第一次买下明明知道平日里是不会去穿的衣服，试了又试，心情和它一样的美丽。

别的衣衫来了又去了，只这一条，从来也没有穿出去过，却一直妥妥当当地收着。一放好多年过去了，再看到时我没有想起海边的女子，却想起当年心中茫茫然的自己来，青春的时光就这么溜掉了……

那个时候MANGO刚刚在东方新天地开店，我一看这里全场都在打折，就冲了进去，可是货品摆放的太密了，货架之间的距离很小，一眼望过去，满眼的外套、上衣、裙子……根本无法挑选。看着别人在里面热火朝天地冲过来杀过去，我在边上一站就看到了这条也挂在边边的大披肩。

MANGO是个西班牙的品牌，据说在欧洲的店不是这样的满~

那是个穿羽绒服也不暖和的冬日，我把自己往大毛毛披肩里那么一裹，心中生出好多温暖来……

可是买下后发觉对我来说它不太实用，如果在室外戴它，天气冷到无法不穿棉衣或羽绒衣，这样一来，就会太臃肿了。

如果在室内使用呢，有暖气暖烘烘的也不那么需要，同时还觉得很麻烦。

如果在春日里披一披呢？

唉，它的美丽在城市里还是太显眼了，常常让行人侧目。

哈哈，还是在家中，换上美丽的衣裙，披上大毛毛披肩，扮做浪漫的西班牙女郎，来一段弗拉门戈吧！

是
大人才
可以穿
在我小时候，只有大人才可以拥有一件皮衣。那时候皮衣是昂贵又高级的东西，穿着和保养都格外的当心呢！
给你买件就好了，我这件还很好，不要新的。
YY妈
YY爸
034
哼！
有什么了不起！
可是我姐那个家伙，却也有自己的皮衣，她难道不是小孩，虽说不怎么长个了……
爸妈不给我买皮衣的理由是我还在长个，过不了多久就会不能穿了，太浪费！听上去到是蛮有道理，可为什么全家就我没有?！！！
小棉服
浑然不觉
嫉妒心起

所以，在我心中好希望自己快快长大，那时就可以拥有自己的皮衣啦！

后来自己长大了，看来看去觉得好多皮衣的款式不那么美，一直都没有买。好像一件东西，你想了好久，太久又得不着它，心中慢慢地就淡了，没了那份向往……

在我淡忘了那皮衣的向往之后好久，有一次在ONLY看到这件皮衣，虽然面料是不高级的猪皮，但款式我非常喜欢。呵呵，忽然想起自己终于老大不小的了还没有属于自己的皮衣呢！

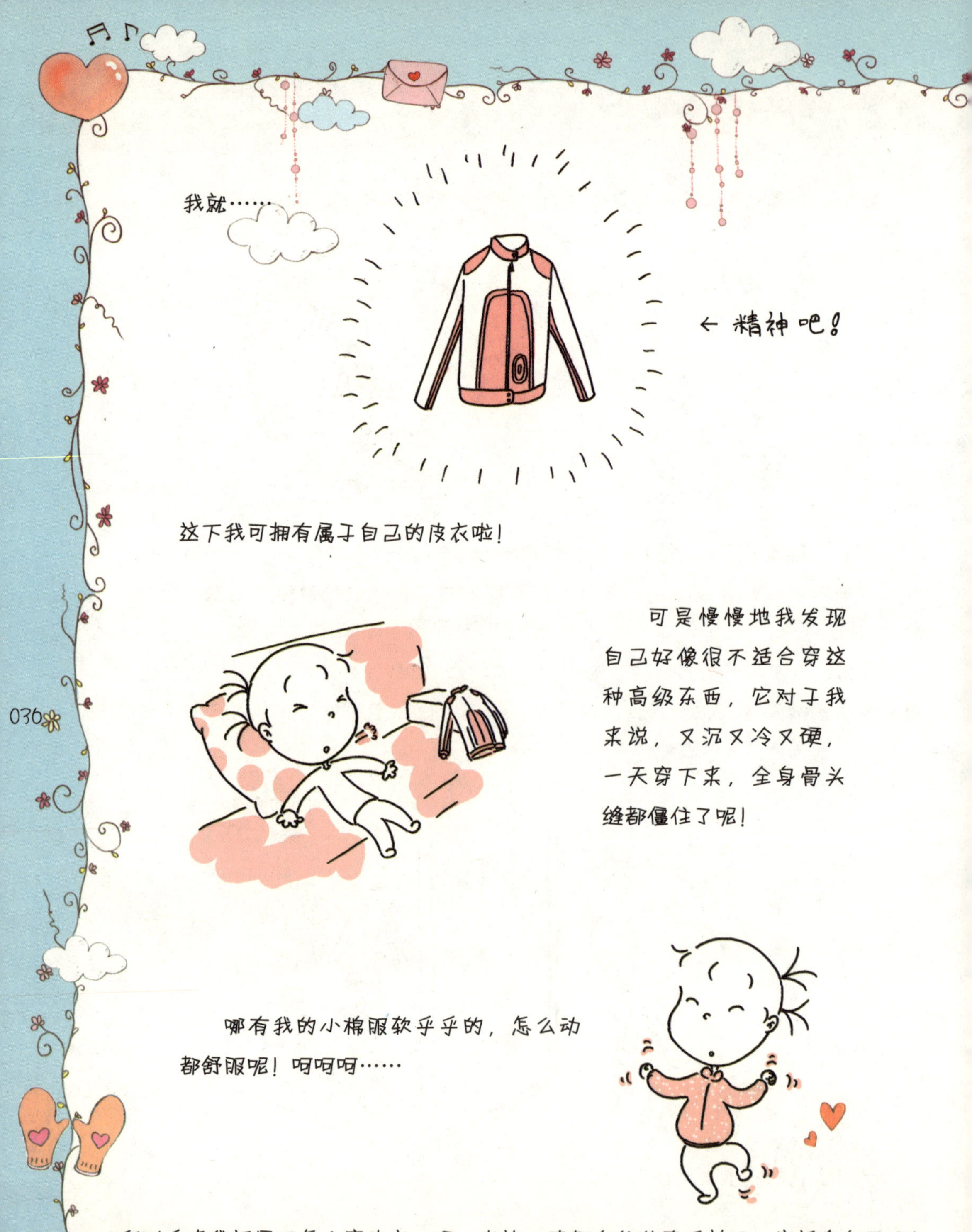

我就……

← 精神吧！

这下我可拥有属于自己的皮衣啦！

可是慢慢地我发现自己好像很不适合穿这种高级东西，它对于我来说，又沉又冷又硬，一天穿下来，全身骨头缝都僵住了呢！

哪有我的小棉服软乎乎的，怎么动都舒服呢！呵呵呵……

所以后来我还是不怎么穿皮衣，嗯～也许一直都向往的东西并不一定适合自己吧！

这些最心爱的衣物虽然不那么实用，却给我带来了许多美丽的心情……

CHAPTER 3

不善煮的小"煮"妇

——臭带鱼的烛光晚餐

嗯，好香呀！
咦？谁家做臭带鱼啦？
我们也买了带鱼回家做吧！
可是都没有自己做过，行不行啊？
看我的吧！
不就是先炸一下，再红烧，虽然没做过，可也没啥难度嘛！

生带鱼的样子虽然不好看，灰灰的，还有吓人的大黄眼睛，可是做好了吃起来却非常的美味。

我最爱吃红烧的，咕噜P喜欢干炸的，就是还没做好时的半成品状态。

小贴士 带鱼多含不饱和脂肪酸和丰富的镁元素，对心血管很好呦！经常食用，可补益五脏，养肝补血，泽肤养发。

清洗干净后，切成一段一段的，用盐和料酒腌一小会儿，就可以下锅喽！

呃～皮都粘掉了。

小贴士 煎鱼的时候，在鱼身上抹点淀粉或蛋清可减轻上述现象。

不过还是很好吃……

吓人，这两个人吃臭带鱼的烛光晚餐呢！

其他家庭成员
——镇桌布老虎

在地坛文化节上买的山东大老虎，它有树叶做的鼻子和血盆大口。呵呵，其实它是布的，小布老虎～

看病也有趣

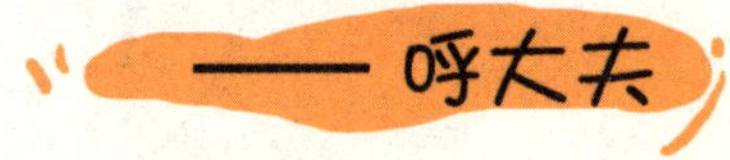

不灵光啦？
嗯，我除了眼睫毛和大脚豆，哪儿哪儿都难受，鼻涕都流成河了～
呵呵，别怕！不就是小感冒吗？离心大老远的，明天带你去看大夫！
第二日，医院——
你好，挂一个内科。
看什么病啊？
感冒了。
啊嚏

呼大夫
Hi5
BUS
I Love You
三级医院
挂号费:壹元
诊疗费:肆元
No 0851811
年 月 日
呼
壹元
No 0851811
年 月 日
肆元
No 0851811
年 月 日
怪怪的?
内科
啊~
5诊室自己进去吧!
分诊台
Good Luck

5诊室
呼？呼……
5诊室
5诊
呼大夫
你好！
胡大夫？
我不是胡
大夫？
刚才你为啥
叫他胡大夫？

刚刚我还一直觉得这个姓怪々的……

哈哈哈哈，原来你以为他姓"呼"呀！我知道，我知道一那个"呼"字指的是呼吸内科，内科还包括消化内科神经内科，等々……

真是爱现呀！感冒好了？早干啥啦？

你就是呼大夫吧？

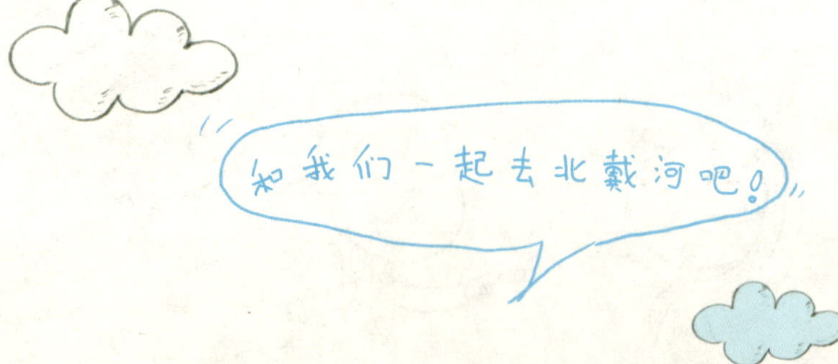
和我们一起去北戴河吧！

CHAPTER 4

和我们去北戴河吧！

——北戴河游记

呵呵

这个……那个……我……唉！实在是忙不过来啊！看看我就知道什么叫焦头烂额啦！

嗯

这周末公司又要剥削剩余劳动力，没办法啊！

我们正准备去巴厘岛，北戴河嘛，就算了

啵

我们只买到了空调软座，票价有些贵80元/人。2个半小时就到了。车上空调开得太大，我和小葵把所有的衣服都穿上了，还是差点被冻成冰镇西瓜。

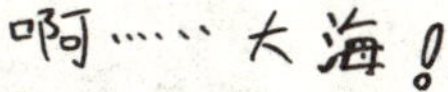
啊……大海！

哈哈哈！抓不到
啊！海风~

美丽裸女
新鲜出炉！
哼々，想吃我
那么容易吗？

嘿你瞧！我们去那边的小岛上看々吧？

这个姿势，是不是认为自己是刚々上岸的美人鱼呢？

装睡

走了一会儿——

嘿你瞧，这地儿不错，又不晒，又凉快。

我们为什么不在这儿打个滚呢？

呵呵，滚一滚再说

我看行

我们就这样走一走，滚一滚，走一走，滚一滚，到太阳下山的时候，也没有走到那个什么小岛，不过大家好像也都忘记了这件事。很多人出门旅游，一定要多看些景点，才觉得是旅游了。我们四个自由散漫的人，随心地走走玩玩，如果来个正常人和我们一起一定要抓狂了吧！

哈哈，才走了这么一点远……

还不是你们一路都要滚一滚

什么嘛，你们不是也很赞同吗？

好了好了，先去看看住在哪里吧！

住店记

嘿你瞧！
可真漂亮呀！

住的
啥人？

北戴河有好多漂亮的大宅子，当然我们只是看看。

咱们去那
家看々吧？

房间有潮气，
味道怪々。

我们又看了几家，都不太合意。

这里有一家，不过看着有点怪怪，有个老头在门口一本正经地一坐。别家一般都是在楼里的前台才有服务员负责接待。

原来里面是个大院子，因为上楼的楼梯在院子最靠里的位置，所以老头就在大院门口摆个小桌子来招呼客人。

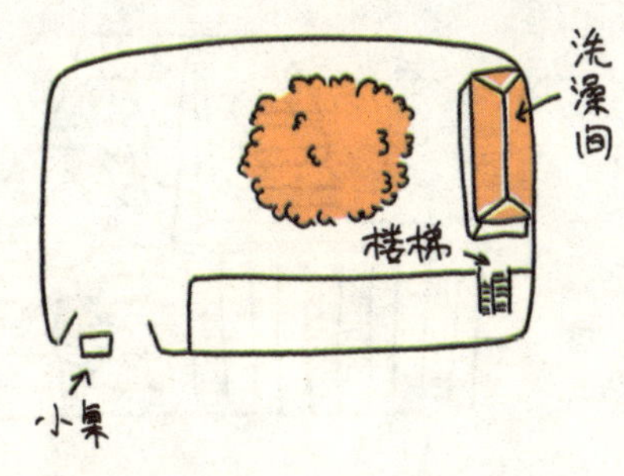

院子里有棵大树，树下有棵葡萄藤，可惜葡萄还都没成熟咧！

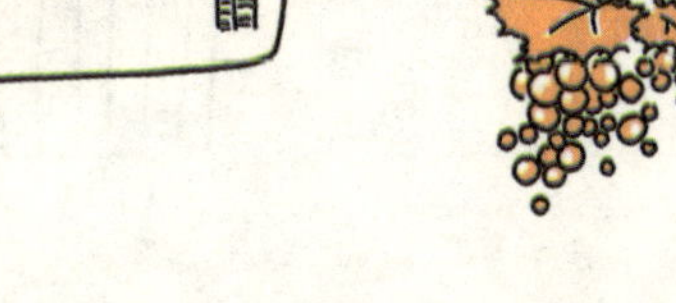

房间很简单，窗很大，灯很亮。不太满意的是卫生间在走廊上，公用的。洗澡间在楼下。不过房间里到是干干净净，没有潮乎乎的地毯，也没有怪味道。当然最棒的是——很便宜，80元/天。还有个问题，这是个四人间，不大方便呢！
房间还可以，不过我们想再去对面那家看々
我们再看这最后一家，两家里定一家好了。
唔……
唔……
对外营业
对面这家整栋楼都黑洞洞的，房间也不洁净。

我们又回来了，结果……

↖这两个家伙都笑翻了

呼，终于住下了，我们各自克服了一下困难。

还有没想到的……

我是蚊子的最爱，有了我这个高级蚊香，大家到是安枕无忧啊！

后来我把头藏起来，结果胖脚丫忘在外面，被蚊子吻了脚心，嗯~~，可真难受呀~~

062

清晨我醒得很早，他们还都在认真地睡，不肯醒来，我就爬到窗台上，冒着生命危险为他们拍了一张睡照留念。

嘿嘿，其实每一个女孩子在骑双人骑时，心里都在偷偷地想……

甚至没有一起来玩的朋友们后来一起看照片时，居然有一个女孩子问我："用蹬吗？"

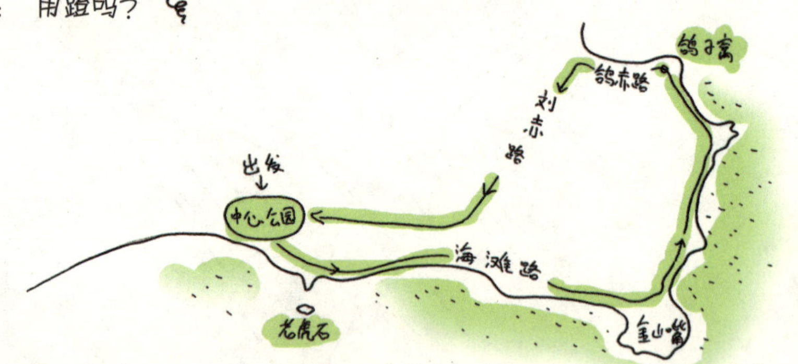

租车子的地方很多，大约10多元/小时，我们选好车子，双人骑之旅开始喽！

海岸线的风景真的很美，我们沿着海岸线骑了好大一个圈。

大叶子编的遮阳帽，侃了侃价钱，7元一顶。

看到一车奇怪的大球，远看还以为是大西瓜，近看发现没有西瓜纹，还黑乎乎的，而且，如果是西瓜，这小车也载得有点太多了吧……

我们猜了好久，这些黑乎乎的大球原来是海里用来标志海域的橡胶浮球。

骑到鸽子窝公园门口，刚刚准备拍一张“××××”到此一游的标准留念照，“砰”车子放炮了，相机记录下了这历史性的一刻……

途中休息的时候，我们一个人吃了两支绿豆沙，呵呵，痛快！

北戴河和其他的海滨城市一样，道路多是上坡下坡，平时偷偷懒还可以，上坡时就需要两个人同心协力了。

婚姻是不是也是这样，当真正的困境到来时，需要的是两个人的力量？

还有哦，那个车子也不知道是什么做的，怎么那么沉？

骑回来以后两腿发软，好像不太适合在陆地生活了，赶紧又跑到海水里去泡了一泡，在海滩上又滚了一滚，还玩了会儿脚趾游戏，才好了。

六只螃蟹48条腿
玩得肚子咕々叫，到了北戴河，少不了的当然是——吃海鲜！
海鲜市场
人好多，我看包好了，你们去吧！
嘿你瞧，别说这海里的东西长得还奇怪哩！
Happy
MUSIC
唛

我们准备买好后回住处附近的月亮门餐厅美美地吃一顿。这里收点加工费，也不贵，对了，这儿有一道菜“大酱炒鸡蛋”特特好吃，我们每回都点。

月亮门餐厅

大家一起吃饭时，一般都是一人点一个自己爱的菜，每次我们都会不约而同的……

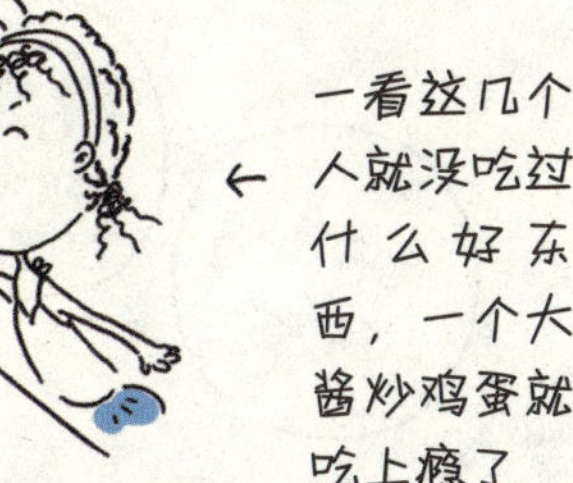

一看这几个人就没吃过什么好东西，一个大酱炒鸡蛋就吃上瘾了

不一会儿，这仨人如同英雄凯旋一般回来了。

回到餐厅一看——螃蟹死了好几只，活着的也都奄奄一息了。

大家百思不得其解……

会不会闷死了？

不会吧！那么快？

被掉包了吧？

可是称的时候袋子一直都在我们的视线之内啊！

称完到是没有再看啦！

当时可都是活生生的哦！

当时也是有点慌里慌张的。

我们是一只一只挑的呢！

是嘛！我们还在挑，那个卖的人就一直在向我们要几只要几只？

不知对不对，我们认为是这样——在挑螃蟹的时候，就有人在暗地里准备不新鲜的螃蟹。为了在我们挑的时候准备出同样数量不新鲜的蟹，卖的人就一直问"要几只？要几只？"等我们挑选好，他只需在柜台下一晃就可以换成刚刚备好的另一只袋子。所以防止受骗的要点是——拿到手后再打开袋子看一下，切记哦！

我说他们六只眼睛也没看住六只螃蟹，他们说六只螃蟹48条腿，哪里看得住呢？

虽然有的螃蟹不能吃了，有的却还很好吃，有膏或有籽，还是比在北京吃香多了。扇贝很好吃，有厚厚的肉，配着烹制的汁很有风味哦！而且，吃起来还很容易，不像皮皮虾，我们都不大会吃，手扎得很疼呢！呵呵，大家都吃得很开心！

洗澡记
北戴河有许多海滨浴场，有的海滨浴场——
男
热水
五元
女
更衣
洗浴
哪里是热水？
冷死了
原来是太阳能的，如果不巧☁，水就不热喽！
还有更简陋的，一次还要2元呢！
这些缝大到很容易被偷看
更
衣
快！现在没人。
嗨
我们一气之下，找个避静的地方……
BUS

游泳衣是换了，可是玩完了，想要冲个澡就又是个麻烦。

有一次我们边走边玩，到了一片特棒的海滩，这儿有好些看上去特牛的大宅子，间隔地摆在海滩上，整个一大片海滩上也没有几个人，我们在一处沙子细细的地儿玩了起来……

哈

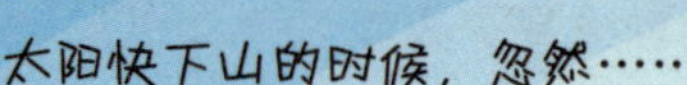

太阳快下山的时候，忽然……

由于我们已经走得离海滨浴场很远了，所以附近没有 男 公厕 女 ，只有 树丛。

不一会儿，树熊回来了……

冲个热水澡的渴望战胜了恐惧。

真怕蹦出个人来……

害怕碰到人，又想马上见到这里的人，直接问问可不可以，就不用提♡吊胆了。→

可是一个人也没见到……

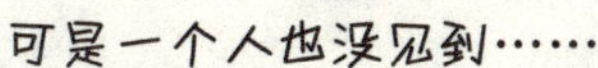

我和小葵鬼鬼祟祟地洗了个舒服的热水澡，真有一种流浪汉发横财的感觉！

洗完出来的时候，发现门外挂了一条湿漉漉的男式泳裤

下楼的时候，我们从另外一侧下的楼，在那一侧我发现……

我们大家轮流去冲澡，最后只剩下咕噜P了，他还去了好久，我们都担心他被人发现，不让他洗了，他回来的时候，大家都争着问他……

嘿嘿嘿！我向着大海，一面吹着海风，一边唱着歌，洗得那叫一个舒坦……

哈哈，你是不是被抓住了？

其他家庭成员

——机器猫闹表

会一面摇晃着一面唱："嗨！噢妈夏记，夏给七你代来咕，给司稻！"兴高采烈的。我虽然听不懂，可也跟着它唱起来！

CHAPTER 5

近来几日睡眠不好，弄得白日里六神无主，一不小心就显出一付痴呆相来。
晚上一过了点，我就很不容易入睡，数羊这个法子对于我来说嘛……
我养的羊都成群了，它们还打架，吃草，乱叫，浮躁得很呢！
这一天，我下定决心……
今天一定要早睡！
Look at me

Smile
幸运的是我居然9点多就困了。
抓紧时间
刷呀……
刷刷牙……
洗呀……
洗洗脸……
终于早早躺下了，
还这样困，一定会
睡个好觉喽！
在这刚刚停暖的3月份，
我还给自己预备了暖
呼呼的热水袋呢！

咚
又把什么摔在地上了
楼上的人家不知什么原因，常常会发出奇怪的声音。
叮铃……叮铃……
俺找俺二大爷的表侄儿的四舅母的……
呃，你打错了。
咯啦
楼上的声音不是很大，可是对于刚刚被电话吓到的我来说就很惊心，而且间隔十几到二十分钟就会响，这样的间隔正是渐渐入睡的过程，很容易被吵醒呢！
Look at me

嗞～
还是先看会儿书吧……
砰
啊呀呀！
楼上到底
在干吗？
世界如此美妙，
我却如此暴躁，
这样不好～，不好～

我这样认为——

楼上住着一只羊怪，平日里悄无声息，风高月黑夜，它会招来三五同类玩一种角力的游戏——木桌上相间着两方的凹坑，通过移动木桌把在木桌上的一颗大铁球滚入对方的凹坑即可得分，凹坑分数不同，以总分高者胜。

所以玩这种游戏就会发出木桌蹭在地面的“咯吱”“嗞～”的声音，有时大铁球不小心落地还会发出“咚”“砰”的声音……

因为提心吊胆地躺着，不知何时又会响，结果耳朵变得格外灵敏，各种声音纷至踏来……

12点多的时候，羊怪们又不小心把铁球砸地上了，我鼓起勇气……
Smile
叩叩叩
一扇旧旧的门，防盗门居然还开着？
羊怪是不是在门后面笑话我呢？
呵呵，原来楼上住的不是羊怪，是个头发乱蓬蓬的男生，还吓了他一跳呢！
罪魁
嗯…… 这个，那个，对不起，可以小一点声音吗？
啊，我没干啥？呃，我的电脑硬盘是坏了，是这个声音吗？
拜托……不是那么小的声音啦，我可不是千里耳～
呵～，谢了！
不过从此之后，楼上的羊怪就不太热衷那种游戏了。
085

黄河水面

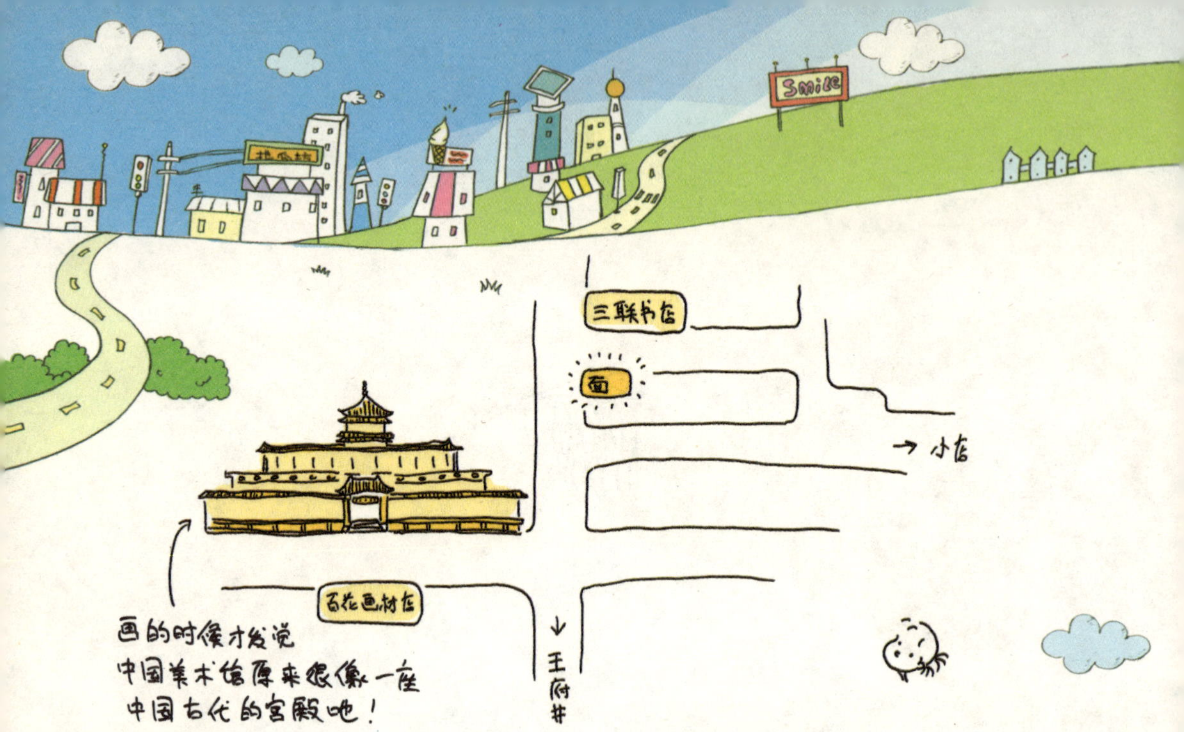

三联书店

面

→小店

百花画材店

↓王府井

画的时候才发觉
中国美术馆原来很像一座
中国古代的宫殿吧！

美术馆一带是我常常游荡的地方，有时去看📖，有时去看🖼，有时没啥事，只是逛逛小店。

玩累了，饿了，这里有一家面馆——黄河水面。

这个炉子看上去很简单，却很实用。馍要先在上面烤一下，然后放入下面的肚子里闷一下，就好了！

没出息样！每次吃到凉皮，她都能美成那样！

面等待中……

呵呵，美！

27号的中碗面来了~

呵呵，这就是这里的一大特色，小碗并不小，中碗是，大碗更吓人，是，不像一般面馆中，大碗只是比小碗大一点而已。

咕噜P吃了这一碗，以后再去的时候，都是乖乖吃小碗，再也不认为“自己食量大如牛”了。

呵呵，这样的情形时常发生呢……

其他家庭成员

——小鼠“喵呜”

这是小鼠“喵呜”，哼々，因为工作关系，她的小裙子可是个棉袍子呢！想々看在哪里见过她呢？ 嗯～

给你们点提示——“喵呜”的地位可是很高的，掌管……

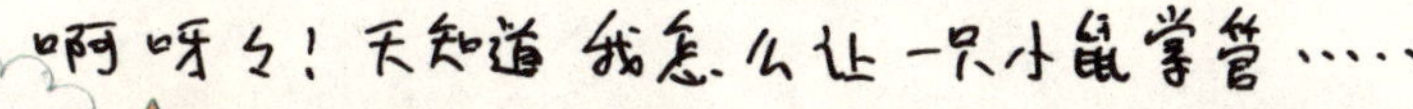

啊呀々！天知道我怎么让一只小鼠掌管……

CHAPTER 6

环球嘉年华

哈々！今天是"小狗
长尾巴天的好日子"，
你想吃啥好吃的？
玩啥好玩的？想
要什么好东西做
生日礼物呀？
呣……
呣……
其实我一直
好想去……
环球嘉年华
环球嘉年华是世界最大的"移动游乐场"，这已经是第三次来北京了，
前两次我们都没有去过呢！

听去过的朋友说花费还是蛮贵的，一个人就需三四百元呢！当然这是根据你玩的项目多少决定的.当时我们可正是在经济拮据期呢！

以前过生日的时候，也就是吃吃饭，买买礼物，这次我想要找一个两个人都开心的方式来过生日，我想让他觉得在这一天，一个让他也开开心心的人出生啦！记得有一次去北京游乐园，两个人玩得变回了小孩子……而且，我也真的好想看看这个“环球”来的是不是更好玩些呢？

我们到了环球嘉年华一看，发现只是在一片光秃秃的空场上安装的游乐设备，有那么点点失望，不过看着好多项目都没有玩过的样子，又高兴了起来！

门票50元，可以换10个代币，代币可以随时兑换，5元1个。

啊呀呀，真不知道先玩哪一个呢？

哎，这个和我们在游乐园玩的那个差不多嘛！

每排可坐4人

那个可是那里最最吓人的一个呢！

耶！海盗船

人在上面头向下，转得好快……

这个太吓人了！

这个……这个大章鱼！

←飞天椅（6个币/人）

啊哈！这个看上去不吓人又好玩！

唔，只是比我们以前玩过的大一号而已。

我还是有点怕怕，就挑了个中圈的位子，咕噜P很不以为然地坐在外圈。

这个以前玩过的项目，到了环球嘉年华，可就变得不一般了，它的力道是一快一慢，一沉一浮，我的心啊，就在那里一揪一揪的。刚开始我还努力干笑了两声，很快就发现路数不大对头，把双眼闭紧一路哭到底。咕噜P不知怎的没啥声，是不是已经给转飞了？

最可怕的是我坐的小座位居然还左拧右拧的自转，明明知道不可能可还是担心吊着自己的四根绳拧在一起。啊~~~

我们从这个看上去一点都不可怕的飞天椅上败下阵来……

啊！这一个……

好棒哦！
咕噜P，你
玩这个吧？

谁？谁说
要玩这个啦？
今天不是你主玩吗？
再说这个这那
么贵！

什么嘛！我是
无论如何不敢玩的
啦！贵就贵啦！我们
少玩点，一辈子坐一
回也行啊！

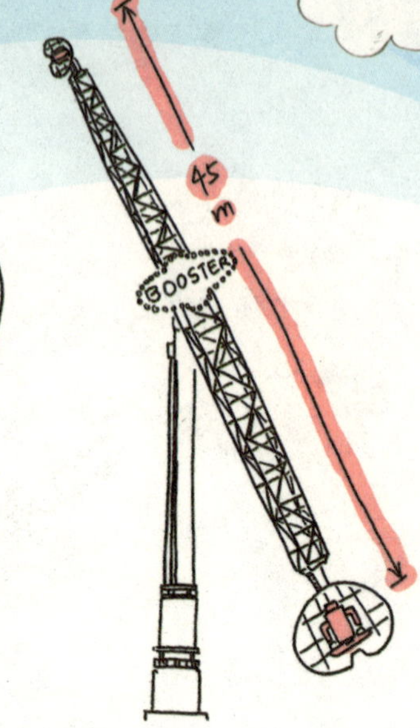

惊呼狂叫（10个币/人）

098

在我的怂恿和鼓励下，勇敢者勇敢地坐在位子上开始了“勇敢者的游戏”。

这个“勇敢者的游戏”一旦开始，可就是要玩到底的，想要中途停下来呀，啊呀呀，不能够呀！

哎？叫得声音好奇怪呢？“啊～～”是从低音到高音又回到低音⋀这样一个循环，后来我想想是因为他在转圈嘛，一会儿离我远一会儿离我近的缘故吧。

这时候勇敢者觉得自己一点都不勇敢，鼻涕.眼泪还有口水糊了一脸，风大得睁不开眼睛，那个……那个向着地面俯冲的时候最最可怕了，啊~~~，鞋子的忠诚度也变得很低，随时都想飞向自由的蓝天……

好玩的项目还有很多……

这个叫做台风的大怪，关节长得可灵活了，哪儿哪儿都能转，一转起来风驰电掣的，就是脾气古怪，一不高兴就停下来，把你挂在半空晾上一会儿……

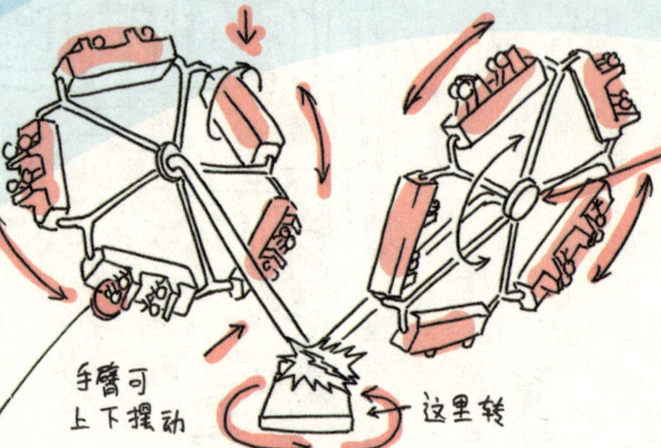

TYPHOON（8个币/人）

座椅对我来说太宽大了，我在位子上摔过来撞过去固定不住，为了怕自己飞出去，我拼命抱着固定装置，非常锻炼力气哩！

我全身青紫地回到了地面……

这个叫做疯狂的迪厅，我们给它起了个更贴切的名字——炒豆。这个像锅子一样的东西倾斜着一边转一边颠，等豆子们都晕了，手机和钥匙满天飞的时候，就可以出锅了。

我们那一锅有一颗花豆子被晃得躺在圈椅上爬不起来，弄得锅里锅外的豆子们笑翻一片，气氛很是热烈。

这一个嘛！我是无论如何也无勇气去坐的。咕噜P被那个巨臂折磨了以后就觉得他的脑肚子和肚子统统转了筋，已经不适合玩这种“太好玩”的啦！

哈哈，看看别人玩也过瘾呢！

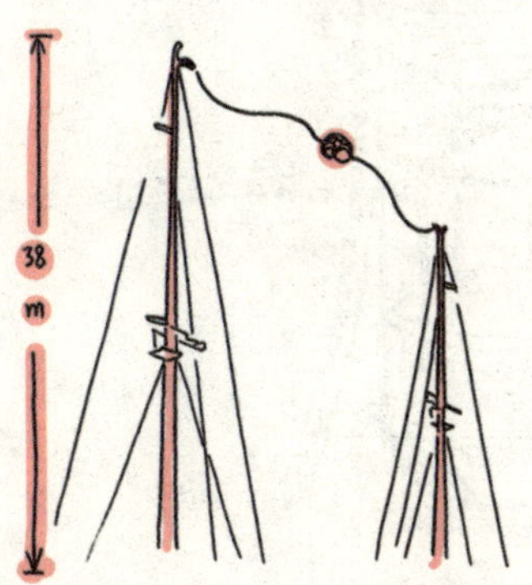

弹射椅（18个币/人）

这里有绿狮子，大板牙的胖兔子，

长得像小猪的小鹿，许许多多

的绒绒玩具，都是在游戏中赢取的。我们数了又数手上的币，终于决定试一试 这个小维尼，它居然扮作海盗，呵呵！这个扮相我还真没见到过。我们花了好几个币也没有得到它，不过，我记得它的样子，

呵呵……

最后……

一定要坐一坐亮闪闪的摩天轮，在夜色中把一天的快乐尽收眼底，“哈哈，生日快乐！”“生日都快乐！”

CHAPTER 7

不善煮的小“煮”妇

——嗞溜嗞溜 啧啧 咕噜咕噜 叽哩咣啷 噗

哈哈，
小南瓜，小南瓜，
一口就能吃一个！

小贴士

南瓜是低糖低热的好东西，富含钴、VA、果胶，既防治糖尿病，又美容，还可去除体内重金属和农药的污染。它补中益气，入脾，胃经，一般人都可食用，忌与羊肉同食。

这一天，我看到南瓜金灿灿的讨人喜，就买了回家……

第二天早早起来蒸了一大锅，当做早饭吃喽！

南瓜这个东西香香甜甜，

可就是有点干干的，
一不小心就噎到了。

来杯牛奶吧！

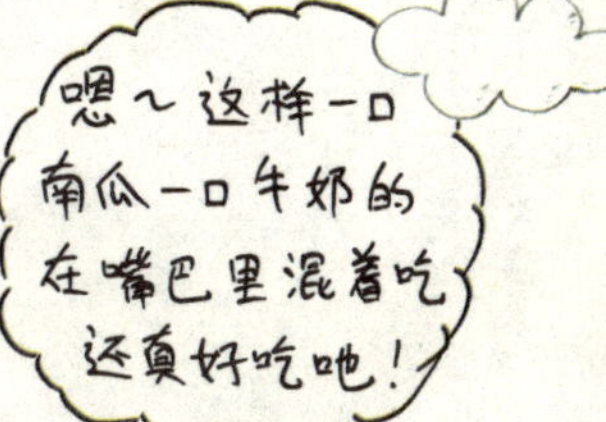

牛奶，含有丰富的蛋白质，包括人体生长发育所需的全部氨基酸，消化率高，对人体健康十分有益！

先把去皮蒸好的南瓜放入牛奶中，

再用匙子按压成糊状。

哼哼，再加一匙蜂蜜吧！

TAXI
咕噜P，咕噜P，你尝々这个？
啊哈！真是人间美味！再来一碗！你哪儿弄来的？
哼哼，什么哪儿来的，当然是我这个大厨发明的喽！
哎？这个这样好吃，我们开个甜品店，一定受欢迎哩！
嗯！我看行！
嗞溜
啧啧

就开在东方新天地的美食街，那儿看着还不错嘛！

在其他的大商场也都开几家分店！

两个人正说得有鼻子有眼儿，热火朝天，忽然……

没过一会儿……

哎呦呦，哎呦呦，这个人间美味在我们的肚子里跑得可真快呀！还没一上午它们就急急忙忙地回归大自然了。

看来此甜品不宜早上空腹食用，还有就是牛奶最好煮沸一下，嗯～如果不够甜加点糖吧，蜂蜜就算了……

不过这个味道真是淳厚中又透着一丝清甜，嗞溜嗞溜一会儿一碗。啧！啧！真好味呀！可是不一会儿就咕噜咕噜，哎呦呦，哎呦呦，叽哩咣啷……噗～

三四月份乱穿衣

哈哈，天气
越来越暖和了！

明天可以穿
我新的花毛衣
外套了，不用穿
胖胖的棉衣
喽！

第7日

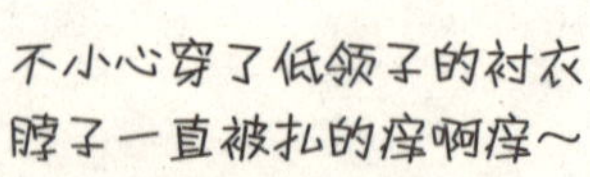

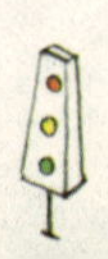

昨天扎死了，今天要穿个不扎的。

第3日

穿了不扎的棉帽衫，又怕冷，加了一件粉色毛毛马甲，呵呵，就是帽子多了点，层层叠叠的……

结果……

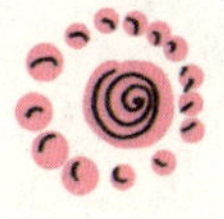

不想天气热得马甲一直搭在手臂上。

第4日

呵呵……呵呵
呵呵呵呵……

今天只穿棉帽衫，不扎也不热，一定没问题喽！

唉！有事回家晚了，居然还起了风……

第5日

哼哼，我多奸呀，这次一定行！

因为怕扎脖子，特地穿了高领子的衬衣。

昨天冻着了，今天还穿花毛衣外套吧！

里面的高领衬衫又非常不适合外穿，啊呀呀……

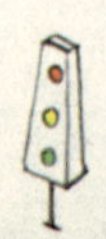

几天下来，我崩溃了……

其实这个季节就是个乱穿衣的季节，在大街上，你能看到——

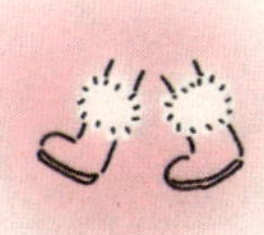

呵呵，我总结出来的经验就是——

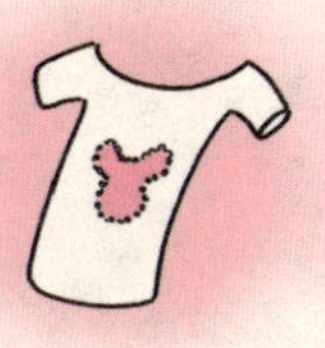

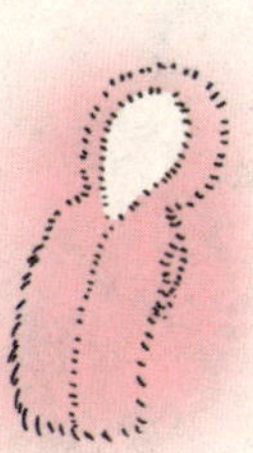

最好多穿几层，而且每一层都要可以脱下来单穿没有问题，哼哼，让天气变化的更猛烈些吧！

CHAPTER 8

冬帽记

我这个人非常怕冷，夏天是我的好时光

天气越来越冷我也越穿越多

我把自己包得像个粽子

可是我还冷……

所以戴帽子成我御寒的好办法，我有各式各样漂亮的帽子……

这是我的帽子中最有人气的一顶！“红英”打折时买的。

它不光有一头的小线球，后面还有一条缀有小线球的尾巴。我戴着它常常会被人笑话——这一头的“包”呀！

还常常有人问我

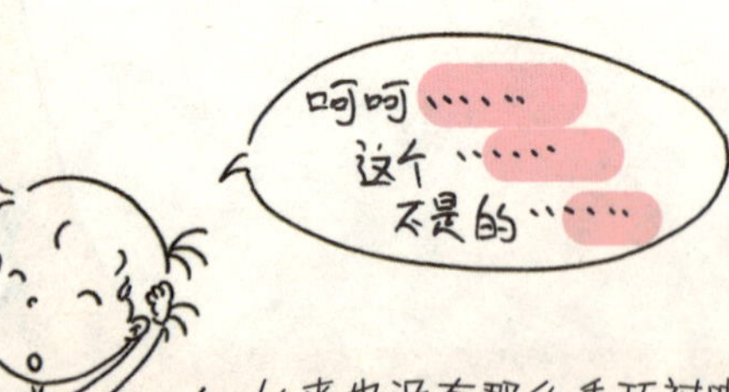

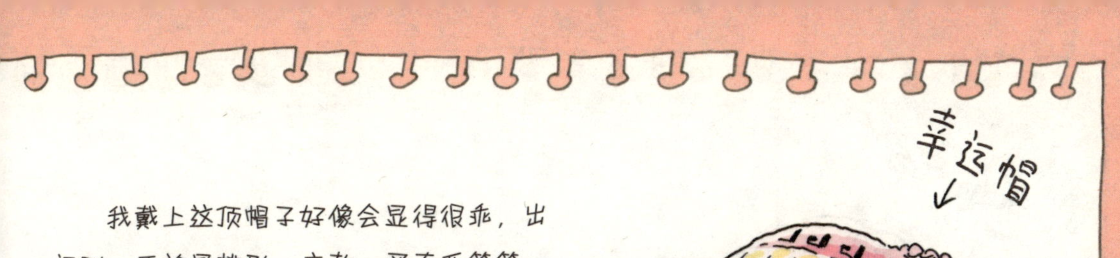

我戴上这顶帽子好像会显得很乖，出门时，不论是排队、交款、买东西等等，常常会被陌生人善待，概率很高哩！所以我叫它幸运帽。

桔色是我最爱的颜色，老妈说，在我还是小婴儿时，只要一见到桔色的小衣服就会咯咯地笑个不停，她都奇怪了好久。这个有着两个漂亮的大绒球的样子又是我早就想要的款式，所以今年冬天就多出了这么一顶快乐又暖和的帽子……

戴着它常常觉得自己是一只长长耳朵的狗儿……

找着狗儿的感觉了！

又在冒傻气

我这个人常常会被“仅此一件或限量版”所蛊惑，不能自拔……

可是没想到这顶独一无二的帽子材料不纯天然，如果清洗时忘记加去除静电的金纺，那就不太美了……

这顶虽然是毛线帽，可它是明亮的黄色，款式也和北京市小学生上下学、过马路时戴的小黄布帽非常相似。

所以戴上这顶帽子，总是有些怪怪的……

是ELLE的，在上海港汇买的。很独特也很有争议的一顶，姥姥的话最有趣……

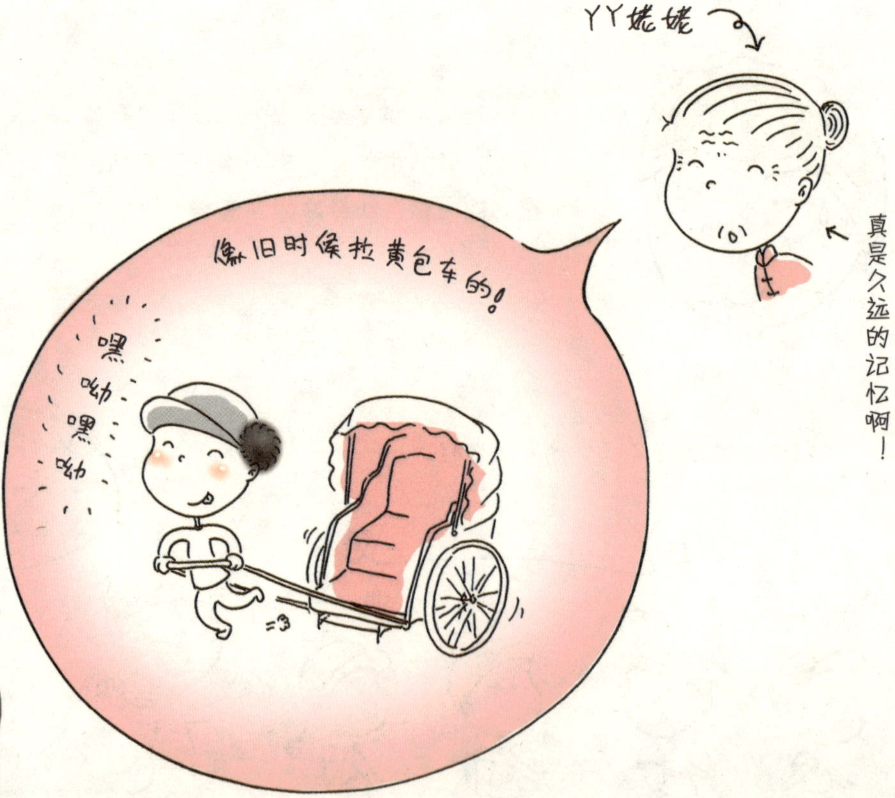

YY姥姥

像旧时候拉黄包车的！

嘿呦嘿呦

真是久远的记忆啊！

以上都是买来的帽子，后面的不同哦！

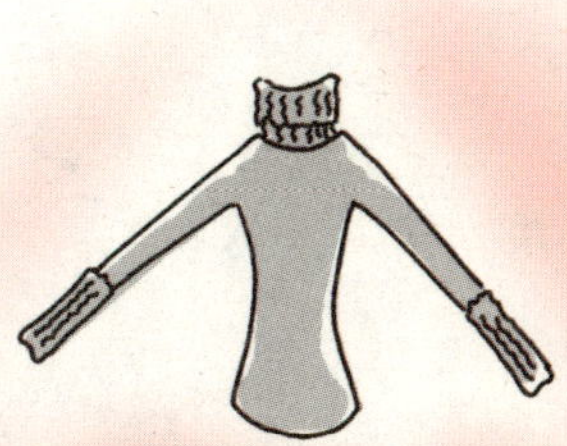

这件毛衣……

领子和袖子都可以取下来

有时，风儿吹得我头发疼，我就

觉得自己很时尚，看我像不像哈韩一族！

偏偏有人来拆台……

咕噜P有个善织的巧手大堂姐。

每年他回家过年，都带回来好几顶新式毛线帽，让我羡慕了好久……

第一回见大堂姐，大堂姐就送了我一顶有花朵的头围。

嘻嘻，就是戴上后，怎么看都像个小媒婆，只少了个大痦子。

去去去！
搞什么乱！

麻麻~，这线的颜色这么好，织毛裤太浪费啦~你就给我织个帽子嘛~

这孩子随谁啊？喜欢的都那么奇怪……

YY妈

这一顶是因为太爱妈妈用来织毛裤的毛线的颜色，央求老妈给织的，至于样子嘛，就要最简单的——

CHAPTER 9

姐姐从小就生得比我美，长大后就更发扬光大了，眼睛比我大，个子比我高，还比我苗条。

因为一直是淑女形象，所以她一不小心就做了多年的长发美女……

一日

我这么高兴是因为她一直长发飘飘的那么淑女，显得她妹我那么的顽劣，好几回我想趁她熟睡之际偷偷给她剪了，可一想到她发现后的可怕样子，就只敢想想了。

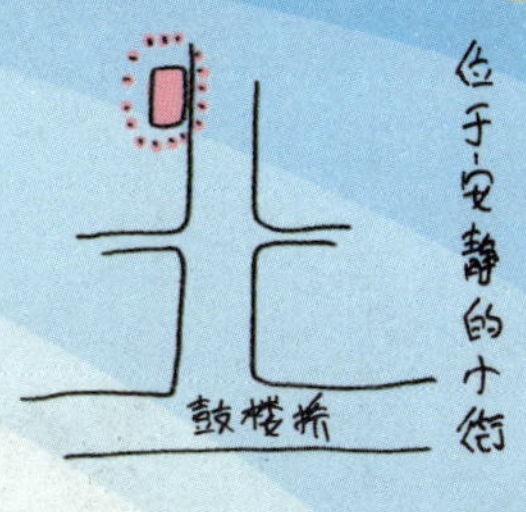

发型师洋洋是个女孩子，她长得像谁呢？像……像……像……，呵呵，原来是像宫崎峻的动画片《龙猫》中的那个小妹妹。

别看她长得像小朋友，可是做起头发来却是一板一眼，有模有样哩！

我在这里做过不少发型，有些是发型师的创意，有时是自己的突发奇想。

这个是做发型时加热用的，被它照着就感觉自己像被一只有着红彤彤的大眼睛的四眼大怪瞪住，动也不敢动~

这个椅子！你看有没有不大对劲呢？哈哈哈，对了，是趴在上面的按摩椅，怪吧！

没出息样!
咔嚓咔嚓
清洗头发后先用夹子把上部分的头发固定在头顶，我怎么也忘不了她那狼狈样儿~
二十分钟过去了……
再清洗一下吧!
又过了二十分钟……
呵呵，别着急!
明明还没有剪完，可这个没怎么上过发廊的家伙以为吹干头发就是剪完了，失望之余从眼睛里发出小刀子飞我，吓得我赶紧赔笑脸~

用啫喱或发蜡都可以，
这样……这样……

故事还没有完～

我姐她可真沉不住气，马上跑到单位显摆……

第二天早上，

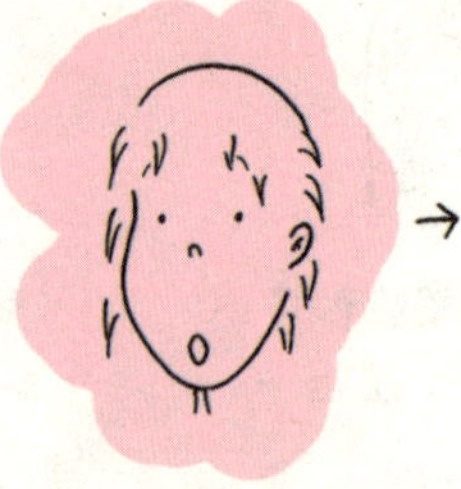

啊呀，没型了！

对了！

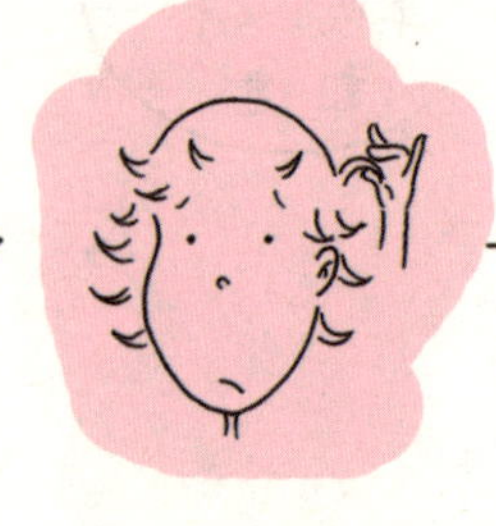

好像不是这样！

这样也不对！

结果……

呵呵，变样了。

麻烦你，鱼丸粗面

莫有粗面

是吗？来碗鱼丸河粉吧

莫有鱼丸

是吗？要牛肚粗面吧

莫有粗面

嗯~~ 那要鱼丸油面吧

莫有鱼丸

怎么什么都没有哇？那要墨鱼丸粗面吧

莫有粗面

又卖完啦~ 麻烦你来碗鱼丸米线

莫有鱼丸

麦兜儿啊！他们的鱼丸跟粗面卖光了，就是所有跟鱼丸和粗面的配搭都没了。

哦~~ 没有那些搭配啊！麻烦你只要鱼丸吧

莫有鱼丸

那粗面呢？

莫有粗面

其他家庭成员
—— 麦兜靠枕

非让我客串得巴，真是猫狗不分。

饰麦兜→

←饰校长

饰得巴

昨天，在东田的小店买了两个麦兜的靠枕。我们玩"鱼丸粗面"，草莓头扮麦兜，西瓜头扮开茶餐厅的校长，他的台词可简单啦！

DiguaFANG
地瓜坊

冬天的好处

“——胖的比较甜”

我不喜欢的冬天又来了……

但冬天也有好处……

可以吃到
香喷喷的烤红薯

可是……

从此就不敢乱吃了～

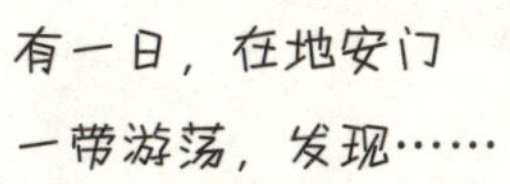

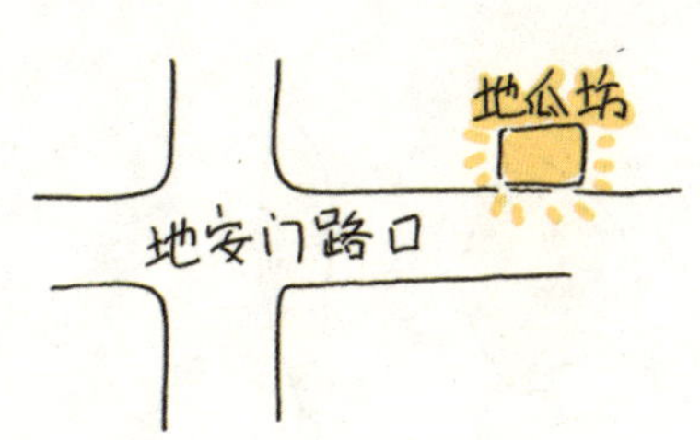

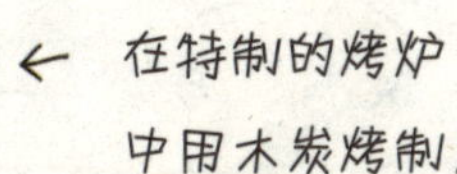

红薯先洗净放入篮中待用。

在特制的烤炉中用木炭烤制。

135

哈哈哈，从此就有干净放心的烤红薯吃啦！

偶而的失态，大家一定要忘掉哦！

小贴士 红薯会在寒冷的冬天给你大量热能，还具有防止糖转化为脂肪的功能，是非常适合冬季食用的哦！

做晚饭时……

先吃一块尝尝

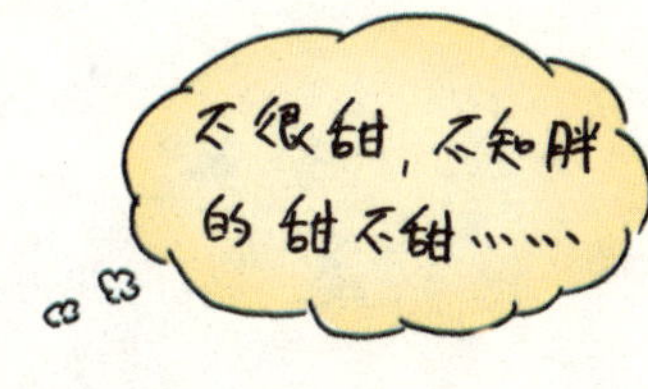

再掰一小块尝尝~

糟糕！两个都少了一块……

正在发愁，他就肥来了……

139

小贴士 红薯是超级健康食品，不过最好和米面蔬菜搭配食用，而且不要吃凉红薯噢！

晒太阳
今天太阳真好呀!
哎?你小时候特意晒太阳吗?
什么晒太阳?没有吧?
我是说小小的时候，好像晒太阳还有讲究哩!

什么讲究？该不会在小时候……
YY小时候
YY的老爸
年轻时
先晒一面
嗨
好了，翻翻面
再晒晒
为什么
是铁锹！？
又不是
烙饼！
还翻面
无知
Happy
Smile

← 新买的小猪手机链，
可爱哦！

这一日YY正忙着吃……

← YY的最爱之一
“贝儿多爸爸的泡芙”

142

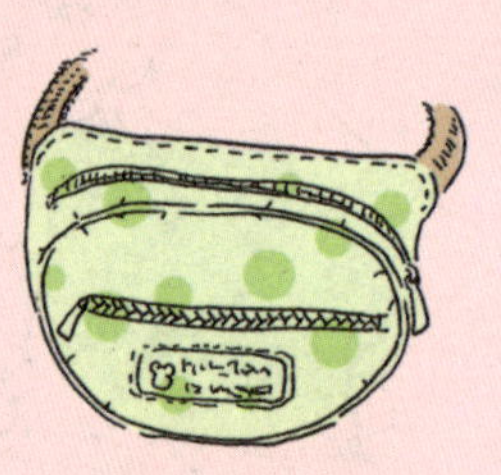

美美钱包

小腰包其实吃得挺饱
了，里面有

数码相机

咕噜P勉强把手机塞了进去，小猪还在外面快乐的荡啊荡……

我的小猪
可爱吧！

就是太
肥啦！

不肥
还叫小猪吗！

144

啊呀呀！

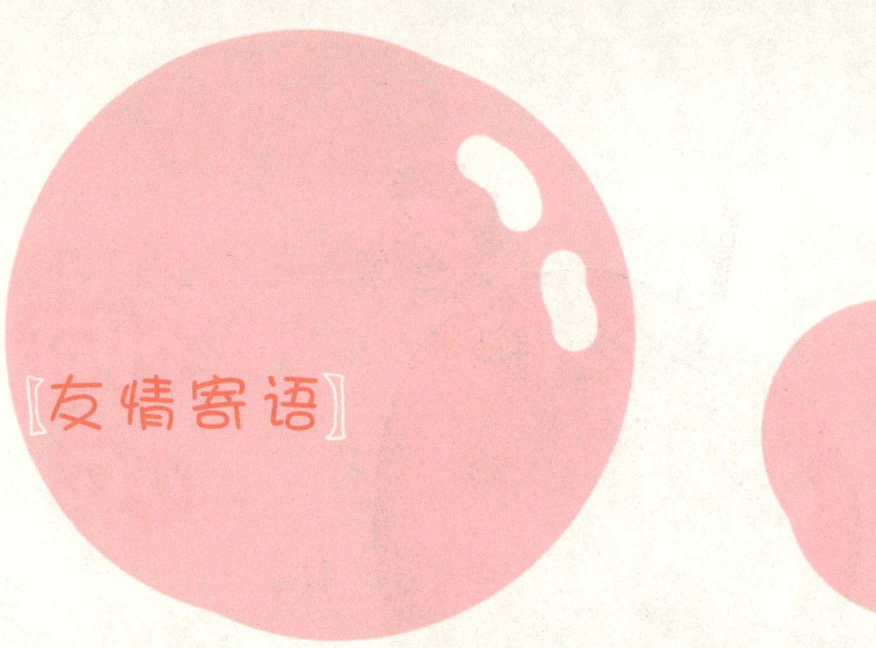

【友情寄语】

小狗的快乐是摇动着的尾巴.

熊猫的快乐是吃不完的竹叶

YY同学的快乐是

是她身边那些幸福的小泡泡.

小小的却又是

丰富的

在阳光下变得五彩缤纷

一条裙子,一次旅行,一些感悟...

YY同学的小生活总是让人看了

又舒心又羡慕呢

捷安特·潘达 寄语

【后记】

关于初衷：

爸爸一直希望我成为一个四格漫画家，那个梦对于我来说太遥远，终日糊里糊涂的我只好画些乱格漫画来自娱自乐，不小心变了一本小书出来。能够给更多的人快乐——这大概就是爸爸对我希望的初衷，也是这本书的初衷。

关于名字：

他为什么叫做咕噜P？

记得吗？《阳光灿烂的日子》里有个傻子没事老说：“我拿根皮筋打你家玻璃……”他的口头禅是：“咕噜姆，咕噜……”每每我办了傻事，咕噜P就会说我：“咕噜姆”。办了特傻的事，他就笑我：“真是个大号的咕噜姆！”说得习惯了，叫我的时候也会：“咕噜姆过来！”“你先去吧，咕噜姆”……每每被唤做“咕噜姆”心中多少会有些不平衡，嗯……，就给他起了这个爱称“咕噜P”；假装我们是咕噜家族，可以显得我就不那么傻喽！哈哈哈，此事绝非杜撰，真正原版！

关于爬爬字：

说起这件事来我就汗呀！自小我的字就被公认为爬爬字，从未有人夸过它们，也没有人指望它们有一日能变得体面出来见人。这一次居然要把对话部分用我这原创的爬爬字，我真是汗呀，不过受惊吓最重的还是老妈～

以前写的信，常常有人抗议许多字认不得，需要开发脑力用猜来的。这一次我努力啊又努力，是不是体面先顾不得了，只希望每一位朋友不用受累，能够认得，就开心了，想来真是惭愧～

最后感谢大家分享了我们的快乐去，使它变成许许多多份，飞扬在天空和你我的心中……

浦YY

2008.1

洗手，洗脸，
洗头，洗脚，洗
澡，洗……
……碗！

Look at me

Smile
两个人抢吃的烤红薯，是不是就是幸福的味道

喜欢清理房间，当所有变得条理。心，好像也被梳理过了

不喜欢买了鲜花回家,不是不爱,是害怕看见没了根的她慢慢的枯萎

夏天的味道，是树下的蝉，是玩过水后指甲划在皮肤上留下的白印，是树叶哗啦哗啦的欢笑声，是冰棒的清甜，是正午空寂的天空和午后的太阳雨，五月里的花裙子……

冬天的太阳又藏起来了，我新
洗的衣服怎样才有太阳的味道？
Happy
Smile

图书在版编目（CIP）数据

浦丫丫和咕噜P的小生活/浦丫丫著．—西安：陕西师范大学出版社，2008.1

ISBN 978-7-5613-4137-7

Ⅰ．浦…　Ⅱ．浦…　Ⅲ．①小小说—作品集—中国—当代　Ⅳ．I247．8

中国版本图书馆CIP数据核字（2007）第202436号

图书代号：SK7N1244

浦丫丫和咕噜P的小生活

著者：浦丫丫

责任编辑：冷湖

特约编辑：陈红

装帧设计：吉安工作室

出版发行：陕西师范大学出版社

（西安市陕西师大120信箱邮编：710062）

印刷:北京京都六环印刷厂

开本:787×1092　1/16

印张:10

版次：2008年2月第1版

印次：2008年2月第1次印刷

ISBN 978-7-5613-4137-7

定价25.00元